Ach, Nachbar!

von

Johann Henseler

Inhalt

9 783749 497799

Bibliografische Information der Deutschen Nationalbibliothek:

Die Deutsche Nationalbibliothek verzeichnet diese Publikation in der Deutschen Nationalbibliografie. Detaillierte bibliografische Daten sind im Internet über http://dnb.dnb.de abrufbar.

Herstellung und Verlag:

BoD – Books on Demand,

Norderstedt

ISBN 9783749497799

1. Aufräumen

Die erste Mietwohnung von Hildy und mir, abgesehen von der anfänglichen Notunterkunft in meinem elterlichen Haus, war uns durch einen Freund vermittelt worden, der uns berichtete, dass in seinem Mietshaus eine 3-Zimmer-Wohnung frei würde und der Besitzer ihm gesagt habe, dass er noch keine Nachmieter gefunden hätte. Wir bewarben uns bei ihm und tatsächlich erhielten wir die Wohnung, obwohl Hildy und ich als studentisches Ehepaar mit Kind durchaus nicht dem typischen Bild solventer Mieter entsprachen.

Neben unserem Haus wohnte ein LKW-Fahrer, der knapp 60 sein mochte, den wir Onkel Heinz nannten, mit seiner Frau, die schätzungsweise mindestens Mitte 70 war. Sie war ungeheuer faltig im Gesicht, besaß dazu einen gelblichen Teint, womöglich vom Kettenrauchen. Onkel Heinz war berufsbedingt oft aushäusig , wenn er aber zuhause war, dann höchstens zum Schlafen, den Rest der Zeit verbrachte er in der Dorfkneipe, die 4 Häuser weiter lag.

Wir waren auch oft in der Kneipe, aber ebenso oft holten wir das Bier aus der Kneipe zu uns ins Haus. Dafür gab es einen Plastikeimer, der aber nur zum Bierholen bestimmt war, mit dem wir also in die Kneipe gingen, uns 5 Liter Bier hineinfüllen ließen und unseren Gästen mit der Suppenkelle Bier in die Gläser füllten, bis ein neuer Eimer spendiert wurde.

Jedes Mal war dann das Nachbar - Ehepaar oder nur die Ehegattin in der Kneipe. Die Ehegattin mochte wohl in früheren Zeiten attraktiv gewesen sein, das konnte man aber höchstens vermuten. Sie war grell geschminkt, hatte unpassend kurze Kleider an, die ehemals sicher nicht billig gewesen waren, nun aber den abgewetzten Charme eines verschossenen graustichigen Fotos verbreiteten. Wenn sie genügend intus hatte, begann sie mit einer für ihr Alter erstaunlichen Beweglichkeit zu tanzen, entweder mit irgendeinem beliebigen Gast oder allein, nie jedoch mit ihrem Mann. Nach einem Tanz war sie aber ermattet, führte den Tanzpartner zu einer Sitzgelegenheit, schubste ihn darauf, schwang ihr Hinterteil auf dessen Oberschenkel und machte weiter ruckartige Bewegungen und trank Unmassen Alkohol. Das wiederholte sie am Abend so oft, bis sie schließlich so betrunken war, dass sie nicht mehr aufstehen konnte. Sie wehrte sich aber vehement, von Onkel Heinz nach Hause abgeschleppt zu werden, so lange, bis sie anfing einzuschlafen. Die wenigen Schritte schaffte Onkel Heinz sie dann nach Hause zu ziehen oder halb zu tragen.

Man merkte förmlich, wie es während dieser Vorstellungen seiner Frau in Onkel Heinz brodelte. Doch er unternahm nichts und galt allgemein als willfähriger Ehetrottel, der einem leid tun konnte.

Bis zu einem Sonntagmorgen.

Beim Frühstück konnten wir Onkel Heinz nebst Ehefrau an unserem Haus vorbeigehen sehen, und es war klar, welches ihr Ziel war. Als wir im Laufe des Vormittags ebenfalls für einige Bier zum Frühschoppen erschienen, war die Ehefrau schon voll in Fahrt. Nach einiger Zeit war sie neben mir und fragte mich laut: „Na, willst du mal was Abwechslung?" und leise danach: „Du kannst mir auch die Zunge in den Hals stoßen!" Angesichts ihrer Weinbrandfahne verspürte ich jedoch wenig Lust ihre Amalgamplomben zu untersuchen und wandte mich ab.

Bald darauf gingen wir nach Hause. Ungefähr eine Stunde später erblickten wir Onkel Heinz, wie er allein sein Haus betrat. Seine Frau trieb es wohl mal wieder besonders toll. Wir bedauerten ihn und fragten uns, wie man das alles aushalten konnte.

Onkel Heinz konnte es nicht aushalten.

Ein knallähnliches Geräusch ließ uns mitsamt unseren Kindern hinter das Haus auf die Terrasse laufen. Von hier aus hatten wir einen direkten Blick auf den ersten Stock des Nachbarhauses, in dem Onkel Heinz und seine Frau wohnten. Gerade hob Onkel Heinz eine Kommode aus dem Fenster und warf sie von oben auf den Betonboden des Hofes, wo sie, wie vorher das Oberteil des Wohnzimmerschrankes, krachend zerbarst. Es folgten weitere Teile der Einrichtung, alles landete auf dem Hof, meist begleitet von unverständlichen Flüchen oder Kommentaren von Onkel Heinz, der sich auch durch unsere Zurufe nicht aufhalten ließ, bis er einen erheblichen Hügel Sperrmüll aus seiner Wohnungseinrichtung fabriziert hatte. Schließlich folgten noch Töpfe, Vasen, Schüssel, Teller und Nippeskram, bis Onkel Heinz wohl erschöpft ins Bett sank, denn Betten waren keine aus dem Fenster geflogen.

Unsere noch nicht schulpflichtigen Kinder waren dermaßen beeindruckt, dass sie noch tagelang „Onkel Heinz räumt auf!" spielten, indem sie Pappkartons aus dem Fenster auf den Bürgersteig warfen und dabei unverständliche Phantasiewörter schrien.

Sie fragten sogar, ob Onkel Heinz das noch mal machen würde, sie möchten das gerne noch mal sehen.

Doch Onkel Heinz wiederholte das nicht, wahrscheinlich waren ihm seine eigenen Wutausbrüche zu teuer.

2. Reizend

Teuer zu stehen kam einige männliche Bewohner des Dorfes der Einzug einer jungen Dame in unser Mietshaus.

Mein Freund und ich halfen der jungen Nachbarin beim Umzug, indem wir ihre Möbel bei irgendwelchen Leuten abholten. Es gab mir schon zu denken, dass man uns ausgesprochen unfreundlich behandelte und uns sogar zunächst nicht alle Möbel übergeben wollte. Alarmiert waren wir, als fast alle die restlichen Möbel herausrückten und das mit dem erleichterten Seufzer kommentierten: „Gib ihr alles, Hauptsache, sie ist weg!" Das deutete auf ein nicht unproblematisches Verhalten der neuen Nachbarin hin.

Wir brachten ihre Möbel in das Apartment unter dem Dach, gegen Abend waren wir fertig. Sie bedankte sich und lud uns zu einem Bier in die neue Bleibe ein, wir nahmen die Einladung an. Das war ein Fehler. Denn offensichtlich war sie der Meinung, dass sie unseren körperlichen Einsatz honorieren sollte mit einem körperlichen Einsatz ihrerseits, der aber weniger mit Möbeln im allgemeinen zu tun hatte, sondern speziell nur mit ihrem Sofa. Sie räkelte sich darauf in eindeutiger Pose, die aber bar jeder Erotik war, sondern eher abschreckend wirkte.

Wir hatten es plötzlich ziemlich eilig, und auch ein heruntergerutschter Träger ihres Unterhemdes konnte uns nicht aufhalten, sondern beschleunigte eher noch unseren Rückzug.

Von diesem Tage an hörte man des Öfteren Schritte im Treppenhaus, manche leise und verstohlen, andere laut und unbekümmert die Treppe hocheilend und es war klar, welches Ziel ihre Verursacher anstrebten.

Im Dorf hatten wir einige Bekanntschaften geschlossen. Mehrere Gleichaltrige kannte ich noch aus der Schulzeit. Frieder war einer von ihnen, er war schon einige Male bei uns zu Besuch gewesen. Er hatte eine niedliche Freundin, Monika, und bald heiratete das junge Paar.

Nach einem halben Jahr sprach mich sein Vater in der Kneipe an und fragte mich, wie denn der gestrige Abend mit seinem Sohn gewesen wäre. Er misstraue seinem Sohn Frieder. „Aber sagt es keinem weiter: Ich bin ihm sogar heimlich gefolgt, aber zu meiner Schande muss ich gestehen, dass er nicht gelogen hat, sondern tatsächlich bei euch war. Aber ich möchte euch bitten, dass ihr nicht mehr so lange mit ihm Karten spielt, er muss arbeiten gehen und er kriegt zu wenig Schlaf. Seine Frau hat sich auch schon beklagt!"

„Frieder war nicht bei uns!", antwortete ich lapidar.

„Ich habe doch selbst gesehen, wie er bei euch geklingelt hat! Ihr könnt das ruhig zugeben!"

„Er hat an unserem Haus geklingelt, aber nicht bei uns!"

„Wo denn sonst?"

Ich sah überhaupt nicht ein, dass ich ungefragt das Alibi für Frieders sexuelle Eskapaden sein sollte. Außerdem tat mir Monika leid.

„Ich weiß es nicht! Aber es gibt im Haus eine Dame, die sehr freizügig mit ihren Reizen umgeht!"

Der Vater glotzte mich einige Zeit starr an, und als er merkte, dass das kein Spaß war, knallte er sein Bierglas auf den Tisch und rannte wortlos hinaus.

In den folgenden Tagen und Wochen offenbarte sich die ganze Tragödie: Frieder gab seine Besuche bei der Dame zu und wurde von den Eltern aus dem Haus geworfen. Monika hatte er mit einer Geschlechtskrankheit angesteckt, die einen stationären Aufenthalt im Krankenhaus erforderlich machte. Die Ehe wurde bald geschieden.

Meine Nachbarin verlegte daher in kurzer Zeit wiederum ihren Wohnsitz, wobei ihr beim Umzug zwei junge Männer halfen.

3. Krieg aller gegen alle

Im Rahmen meiner Versetzung an eine andere Schule nach der beendeten Ausbildung war mein Arbeitsplatz nun über 60 km entfernt. Ich versuchte diesen langen Weg zunächst jeden Tag mit dem Auto zu überwinden, musste aber nach einem Jahr einsehen, dass die Belastung der Nerven, der Zeit und des Geldbeutels zu groß waren. Der Umzug erfolgte in ein 9-Parteien-Mietshaus in der Nähe der Arbeitsstelle.

Ungefähr zwei Jahre wohnten wir dort mit unseren ersten beiden Kindern, aber wir waren dort nicht zufrieden und wollten weg.

Wir hatten keine Lust mehr auf die üblichen Streitereien über vollgehängte Wäscheleinen, wollten nicht mehr über Kinderpipi im Kellerabfluss diskutieren, uns nicht mehr Vorhaltungen über nicht eingehaltene Ruhezeiten anhören, wollten uns nicht für lautes Kinderspielen entschuldigen, wollten tropfendes Blumengießwasser nicht mehr vermeiden und die Waschmaschine dann benutzen, wann es nötig war.

Die Mitbewohner entsprachen nicht unbedingt unseren Vorstellungen von Mitmenschen, nach deren Gesellschaft wir uns sehnten.

Da war der Sonderschullehrer, der bei jeder Gelegenheit Gitarre spielte, mit einem Kenntnisstand, der dem seiner Schüler hinsichtlich der Integralrechnung entsprach. Besonders wenn sein Gesang orientierungslos durch die Oktaven irrlichterte, sah er sich beifallheischend um, erntete aber nur von seiner Frau, einer ständig alkoholisierten Blondine, ein hämisches Gelächter, das meist erst dann endete, wenn sie sturzbetrunken vom Stuhl fiel.

Da war der trinkfeste Seebär, der ständig von den schönen Frauen in Hamburg und in Rio faselte, die er alle erobert habe, der ihre Namen auf beiden Armen tätowiert hatte, und der durch seine anzüglichen Bemerkungen unangenehm auffiel, bis die alkoholisierte Frau des Sonderschullehrers verriet, dass er lediglich Hafenarbeiter in Duisburg sei und seine Fahrten ihn mit der S-Bahn nie weiter als Meiderich geführt hätten.

Da war die Mutter von drei Kindern, eine falsche Schlange mit einem Gesicht wie eine gegerbte Robbenhaut, die mit ihrer aufgesetzten Freundlichkeit Gänsehaut verursachte, die allen Kindern das Spielen auf dem Hof verbieten wollte, woran sich unsere Kinder selbstverständlich nicht hielten, und aus Wut darüber, dass ihre Kinder eine Zeit lang mit unseren gespielt hatten, ihre mit einer Woche Stubenarrest belegte.

Da war der angeberische und ständig Flaschenbier konsumierende Finanzbeamte, der bei jeder Gelegenheit von seinem tollen Familienurlaub an der Cote d´Azur schwadronierte, was sich nicht jeder, aber eben er sich leisten könne, bis mir ein Nachbar von gegenüber einmal beiläufig von dem schönen Campingplatz im Siegerland erzählte, auf dem er rein zufällig die Frau des Finanzbeamten gesehen habe, die er jedoch nicht leiden könne und deswegen nicht angesprochen habe. Unser Verhältnis zum Finanzbeamten erlitt eine merkliche Verschlechterung, als ich ihm vorschlug, eine Hymne auf ihn anzustimmen, und als er lachend zustimmte, anfing zu brüllen: „Heil dir im Siegerland, Herrscher des Flaschenpfands, heil Camper dir!"

Da war der geile Verkehrspolizist, der ständig unverhohlen meine Frau anstierte, bis mir der Kragen platzte und ich ihm mit gepresster Stimme vorschlug, doch zu Hause erst mal den Verkehr zu regeln, sonst laufe er durch sein Stieren Gefahr, dass seine Hoden als Spezialität verkauft würden, worauf er kurz davor stand tätlich zu werden.

Ein Jahr lang baute zudem der Hausbesitzer das bis dahin leere Dachgeschoss zu seiner künftigen Wohnung um, was einen unerträglichen Dauerlärm zur Folge hatte, mit der trüben Aussicht, dass in Zukunft ein Oberaufpasser über uns thronte, dessen Frau sich aufführte, als hätte die StaSi sie als „IM Mietobjekt" angeworben.

Mein Verlangen nach einem Feldzug gegen meine Mitbewohner wurde mit der Zeit größer.

Zunächst konzentrierte ich mich darauf, den Hausbesitzer gezielt zu verunsichern. Er war Elektromeister und hatte die Elektrik des Hauses installiert, wobei der Sicherungskasten für alle Wohnungen im Keller angebracht worden war. Als er zum ersten Mal eine Kreissäge einsetzte, lief ich in den Keller und ließ die Hauptsicherung des Dachgeschosses herausspringen. Das kreischende Geräusch verstummte. Ich lief schnell in die Wohnung zurück, hörte zunächst ein Rumoren, dann ging die Tür auf und der Herr Elektromeister stieg hinab zum Keller. Bald stieg er wieder hoch, und bald begann auch wieder das Kreischen der Säge. Da war ich schon wieder unten. Der nächste Treppenabstieg des Hausherrn wurde von deutlichen Zeichen des Unmuts begleitet. Nach dem dritten Mal hörte ich, wie er an der Wohnungstür unter seinem Dachgeschoss läutete, offensichtlich um von dort Strom zu entnehmen. Nachdem auch dort nach kurzer Zeit kein Strom mehr ankam, war erst mal Ruhe.

Einige Zeit später sah ich ihn die Kreissäge die Treppe herunterwuchten, offensichtlich glaubte er, sie sei defekt.

Auf die Dauer waren Aktionen dieser Art aber unbefriedigend. Wir verfielen daher auf die Idee, durch Lärm für alle eine Kollektivstrafe zu verhängen: Der Gedanke der Katastrophenfeten war geboren.

Zunächst begnügten wir uns mit grölenden Gesängen und stampfenden Tänzen. Ein erstes Zeichen einer ganz neuen Qualität von Feten wurde damit gesetzt, dass gegen Ende der Fete mitten in der Nacht vier Stühle solange auf den Boden geschmettert wurden, bis sie Kleinholz waren und am nächsten Tag einer Bekannten, die gerade umgezogen war, als Beitrag zu ihrer neuen Einrichtung in einem Paket zugeschickt werden konnten.

Der unbestrittene Höhepunkt der Katastrophenfeten war aber die Examensfeier meiner Frau. Zunächst wurde der „Buuredanz" von den Bläck Fööß mit Gegröle und Tanzgetrampel untermalt, was bei 23 Gästen einen Lärm und Beben wie bei einer galoppierenden Herde von Wildpferden verursachte.

Dann stattete sich die gesamte Gesellschaft mit Musikinstrumenten aus: Auf Kochtöpfen wurde mit Kochlöffeln der Takt geschlagen, eine Mineralwasserflasche ratterte als Geigenbogen auf einem Bratrost, Deckel wurden gegeneinander geschmettert, bis schließlich die Bohrmaschine – auf Schlagbohren gestellt – zum unüberhörbaren Leitinstrument avancierte, und zwar durch das rhythmische Anbohren der Wohnzimmerwand.

Einige begannen, Gegenstände durch das Zimmer zu werfen, bis schließlich ein riesiger Stapel Papier unter die Gäste verteilt wurde, die daraus Konfetti produzierten und johlend umherwarfen. Während einige sich Bleistifte in die Nasenlöcher steckten, rollte sich einer in den Teppich ein, so dass nur noch die Füße herauslugten, zwei lagen auf dem Boden, mit der Tischdecke zugedeckt, alles bald dicht unter Papierfetzen begraben.

Da läutete es an der Tür, es war die Polizei.

„Könnten Sie Ihre Feierlichkeiten bitte etwas leiser gestalten?", fragte der Beamte im Sinne einer dringlichen Aufforderung. „Die Nachbarn haben sich beschwert!"

Ich wusste sofort, dass dies nur das gegerbte Robbenfell gewesen sein konnte.

„Wissen Sie, was die gemacht haben?", fragte ich ihn und führte ihn ins Wohnzimmer. „Die haben hier geklingelt und dann das ganze Papier hier reingeworfen! Und dann beschweren sie sich auch noch!"

Als der Beamte das Chaos sah, war er sichtlich irritiert. „Das geht natürlich auch nicht!", meinte er lahm. „Dann auf Wiedersehen!"

Dann ging es weiter, wie zuvor.

Die Katastrophenfeten verschlechterten erwartungsgemäß unser Verhältnis zu den übrigen

Parteien, und umso inständiger hofften wir, dass ein Wunder geschehe und wir doch noch ein eigenes Haus erwerben könnten.

4. Traumahaus

Wie viele junge Familien träumten auch wir den Traum vom Eigenheim und er erschien uns nicht allzu verwegen zu sein. Mit damals zwei Kindern, einem ordentlichen Gehalt und moderaten Ansprüchen glaubten wir unsere Sehnsucht nach Freiheit und Unabhängigkeit in der Lebensführung verwirklichen zu können.

Eine kurze Recherche bei Maklern und in Kleinanzeigen konfrontierte uns mit der unerfreulichen Realität: Die Preise für Neubauten im Umkreis von Düsseldorf waren ohne Eigenkapital nicht zu finanzieren, und woher sollte das Eigenkapital kommen, wenn die ersten beiden Kinder schon während unseres Studiums durchgebracht werden mussten? Die monatlichen Abzahlungen lagen in solch schwindelerregenden Höhen, dass wir nur eine Chance gehabt hätten, sie zu bezahlen, wenn wir in einem Rotlichtcenter einen Zweitjob angenommen hätten.

Bei Besichtigungen von Altbauten musste man sich in eine Besucherschlange von gefühlten zwei Kilometern Länge einreihen, um sich anschließend nach der Inquisition über die persönlichen, finanziellen und beruflichen Verhältnisse etwas über ungesicherte Solvenz und geringe Vertrauenswürdigkeit anhören zu müssen, verbunden mit dem nie eingehaltenen Placebo-Versprechen, man werde sich telefonisch noch mal melden.

Mit der Zeit sanken unsere Ansprüche in dem Maße, wie unsere Bereitschaft zu höheren Kosten stieg, aber dennoch war nichts zu finden. Unser anfänglicher Enthusiasmus wich allmählich einer tiefen Resignation, dennoch blieb immer eine vage Hoffnung bestehen, dem 9-Parteienmietshaus zu entrinnen.

Zufällig entdeckte ich nach einiger Zeit eine Kleinanzeige, in der ein Einfamilienhaus zum Kauf angeboten wurde.

Wir riefen an und wurden zu einer Besichtigung eingeladen, und zwar sofort. Wir ließen alles stehen und liegen und fuhren los. Als wir vor dem Haus parkten, sagte ich spontan: „Das kaufen wir!" Denn mir war klar, dass es nicht allzu viele Konkurrenten geben würde.

Es handelte sich um das Eckhaus eines Viererblocks von Werkshäusern, deren Zustand recht angegriffen war, gelegen an einer von ratternden Tiefladern des angrenzenden Industriegebietes stark frequentierten Nebenstraße, die das Epizentrum der Erdstöße bildete, das die angrenzenden Häuser in ein nur durch kurze Pausen unterbrochenes Dauertremolo versetzte.

Nunmehr waren die 4 unrenovierten Einfamilienhäuser den Mietern zum Kauf angeboten worden. Der Verkäufer hatte das Eckhaus, in dem seine Eltern wohnten, gekauft, die Eltern waren nach nebenan gezogen, dieses Haus hatte er ebenfalls gekauft. Der Verkäufer renovierte über ein Jahr beide Häuser als ein gemeinsames Wohnhaus, das er mit seiner Frau, seinen beiden Söhnen und den Eltern zusammen bewohnte. Dann war dem Verkäufer das Geld ausgegangen. Daher wollte er das halb renovierte Eckhaus verkaufen und mit seiner Familie allein in das von den Eltern bewohnte Haus ziehen. Die Eltern mussten daher in einer anderen Mietwohnung untergebracht werden. Der Verkauf des Eckhauses sollte die Finanzierung der weiteren Renovierung des eigenen Hauses ermöglichen.

Im angebotenen Haus waren alle alten Fenster durch neue Fenster mit Doppelverglasung ersetzt worden. Das Einsetzen der Fenster muss im Rahmen eines alkoholgesättigten Happenings erfolgt sein, da sämtliche Fenster unsachgemäß eingesetzt waren, also schief, und daher alle nicht richtig schlossen.

Die Wasserleitungen waren neu, allerdings fehlte aufgrund eines demenzähnlichen Zustandes des Handwerkers im Bad die Zirkulationsleitung, so dass man erst eine halbe Ewigkeit Wasser laufen lassen musste, bis warmes Wasser benutzt werden konnte.

Auch die Heizungsrohre waren neu. Der Heizkessel stand für beide Häuser im Nebenhaus. Daher war der Kamin für das zu verkaufende Haus kurzerhand abgerissen worden. Die Heizungsanlage besaß eine Kapazität, die für das Schloss von Versailles ausgereicht hätte.

Das Abwasser, auch vom Nebenhaus, floss durch den einzigen Kellerraum ab, in dem sich eine Sammelgrube für Abwasser befand, die ungeahnte olfaktorische Möglichkeiten bot.

Die Kellertreppe erinnerte an die Teilung Berlins. Sie vollzog eine Rechtskurve und endete vor einer gemauerten Wand, weil der Zugang durch eine innenliegende Gästetoilette zugebaut war. Der Kellerzugang erfolgte jetzt durch die Küche, auf deren Holzboden man einsackte.

In das oberste Zimmer im zweiten Stock konnte man nur durch die Treppe im Nebenhaus gelangen. Im Verkaufsobjekt war es zunächst isoliert.

Der untere Flur hatte nur einen rohen Estrich. Das Treppengeländer war angesägt und es fehlten zwei Stäbe in ihm, weil der Hausherr einmal zum Umrühren von Farbe Holzstäbe benötigte, die er kurzerhand mit dem Hammer aus dem Treppengeländer herausschlug. Dabei war er auf den Gedanken gekommen, mal zu prüfen, wie sich eine offene Treppe machen würde, und hatte gleich noch mehrere Bretter aus den Stufen herausgeschlagen. Auch sämtliche Zimmerwände im mittleren Geschoss waren herausgeschlagen. Die damalige Bundesregierung hat leider die historische Chance verpasst, den Verkäufer für die Renovierung der Berliner Mauer anzustellen, dann wäre die deutsche Einheit schon zehn Jahre früher erfolgt.

Der Grund für die offensichtlich versiegten Geldreserven war wohl das kaiserthermenähnliche Badezimmer im Erdgeschoss: ein Ballsaal von 18 qm, bis zur Decke gefliest, mit Bronzearmaturen, zwei riesigen Waschbecken, einem Bidet, einer Toilette, einer Badewanne und einer achtdüsigen Sportlerdusche, in der eine halbe Fußballmannschaft gleichzeitig hätte duschen können.

Die beeindruckende Größe des Badezimmers hatte allerdings den Nachteil, dass im Erdgeschoss kein Platz für ein Wohnzimmer blieb, sondern nur ein L-förmiger, flurähnlicher Raum, der so eng war, dass, wenn einer vom Tisch aufstand, die ganze Sitzreihe aufstehen musste, um ihn herauszulassen.

Gemeinsam genutzt werden sollte zum einen die unverputzte Doppelgarage mit Sandvorplatz, in die allerdings nur ein Auto hineinpasste, nämlich der Mercedes des Verkäufers, zum anderen das hinter den Häusern liegende Gartengrundstück, weil der Verkäufer jetzt ein innenliegendes Haus hatte. Zudem stand der betonierte

Hundezwinger für den Schäferhund nicht auf seinem Grundstück. Es stellte sich aber später heraus, dass der Schäferhund nicht in den Hundezwinger gebracht wurde. Die Ehefrau des Verkäufers erzählte uns, dass sie eines Morgens von ihrem Ehemann den zärtlichen Ausruf hörte: „Da bist du ja wach geworden, mein Liebchen!", jedoch feststellen musste, dass ihr Mann nicht mit ihr, sondern mit dem Schäferhund sprach, der ab dann auch im Ehebett schlief.

Obwohl das Traumhaus durchaus Züge einer Bauruine mit nicht absehbaren Folgekosten trug, sahen wir darin unsere einzige Chance für ein freieres Leben. Wir redeten die Nachteile klein, trösteten uns damit, dass man ja selbst vieles reparieren könne. Und einen Vorteil hatte das Haus: Man konnte anbauen und aufstocken.

Aber zuerst musste ja der Verkäufer uns als Käufer auswählen. Man wollte uns anrufen.

Gerade war unsere 20jährige Bekannte Antje am Besichtigungstag abends bei uns zu Besuch. Wir veranstalteten gerade eine spontane Modenschau. Als Catwalk diente der Wohnzimmertisch. Die Kinder zogen sich Erwachsenenunterwäsche und Stöckelschuhe an, die Ehefrau den Union Jack als Minikleid und ich ein Schaffell als Neandertaler-Lendenschurz. Höhepunkt war aber Antjes Auftritt, die als neueste Mode Eishockeyknieschützer als BH präsentierte.

Da läutete das Telefon, es war Dörthe, die Ehefrau des Hausbesitzers.

„Mein Mann möchte Sie kennenlernen!", teilte sie uns mit.

„Wann?", fragten wir.

„Jetzt sofort!", lautete die Antwort.

Antje passte auf die Kinder auf und wir fuhren sogleich los und waren gespannt auf unseren Verkäufer und mutmaßlichen Nachbarn.

Wer annonciert den Verkauf eines Einfamilienhauses im örtlichen Käseblättchen? Ohne Makler, ohne Courtage, direkt vom Eigentümer, ohne die Vokabel „solvent" zu benutzen? Zu einem Preis, der wesentlich unterhalb der gängigen Angebote liegt? Ein Verrückter? Ein Menschenfreund? Einer, dem das Wasser bis Oberkante

Unterlippe steht? Ein Ganove? Oder eine Mischung aus allem?

Frau Dörthe öffnete die Haustür und gab den Blick auf den Herrn des Hauses frei. Sogleich fiel mir die Dusche ein, deren überdimensionierter Zuschnitt sich nun als unerlässlich herausstellte: Herr Hamacher war ein wahrer Hüne, der trotz seiner Größe eher gedrungen wirkte, weil er einen Bauch hatte, dessen Umfang den eines verschluckten Medizinballs übertraf.

Er hüpfte wie ein Gummiball den Flur entlang zu uns und dröhnte: „Guten Abend! Erschrecken Sie nicht, dass ich so fett bin! Dabei esse ich fast gar nichts! Folgen Sie mir ins Wohnzimmer, wenn man das überhaupt so bezeichnen kann! Ich esse gerade ein Bütterchen, oder auch zwei."

Er setzte sich hinter den Wohnzimmertisch, auf dem ein Riesenteller mit geschmierten Broten stand, eingerahmt von einigen Flaschen Cola. Kaum saß er, schnaubte er entrüstet, indem er mit seinem Zeigefinger anklagend auf den Teller mit Broten wies: „Dörthe, bitte, eine Fliege!" Dörthe lief von der anderen Seite des Tisches eilig herbei und verscheuchte das lästige Insekt.

Dann erkundigte er sich über unsere persönlichen Verhältnisse und zog Parallelen zu seinen eigenen: „Ja, wir haben auch zwei Kinder und noch früher geheiratet als Sie, nämlich in Gretna Green, weil Dörthe noch keine 18 Jahre alt war!", und zu Dörthe gewandt: „Nicht wahr, mein Täubchen, das waren tolle Zeiten!" Dörthe nickte pflichtschuldig.

Dann wurden Einzelheiten erörtert, wobei er auch auf den Garten zu sprechen kam: „Der Garten ist noch nicht in Ordnung, er macht sowieso zu viel Arbeit. Ich denke dabei an eine einfache Lösung: Lachen sie jetzt nicht! Ich will alles betonieren und grün anstreichen!" Vor lauter Staunen über diesen genialen Einfall konnte ich nicht lachen.

Nach einigen weiteren Eröffnungen fragte er schließlich: „Wollen Sie jetzt das Haus von mir geschenkt haben? Es ist Ihnen doch klar, dass das Haus zu diesem Preis geschenkt ist!"

„Wir überlegen. Wie lange haben wir Bedenkzeit?"

„5 Minuten! Sie müssen wissen, dass schon ein Interessent, ein älterer Herr, hier war und uns in einer Aktentasche den gesamten Kaufpreis bar auf den Tisch gelegt hat. Mir hat aber nicht gefallen, dass der Opa eine bepisste Hose trug, und meine Söhne wollen lieber junge Nachbarn, die auch nicht meckern, wenn die Musik mal laut ist."

Vielleicht war der Opa erfunden, aber das Argument der Söhne schien auf eine gewisse Lärmunempfindlichkeit hinzudeuten.

Wir wechselten einen Blick und mit Todesverachtung verkündeten wir unsern Entschluss: „Wir kaufen das Haus!"

Das Echo auf unseren Hauskauf war vernichtend. Man reagierte mit betretenem Schweigen, man lachte uns aus, meine Schwester erklärte mich für verrückt.

Sobald wie möglich wurde der Termin für den Kaufvertrag beim Notar anberaumt. Bei der Vorbesprechung erwies sich „Manni", wie wir den Notar nannten, als verknöcherter, staubtrockener Vertreter seines Berufsstandes. Das reizte mich zu versuchen ihn aus der Reserve zu locken. Für den endgültigen Termin, an dem unterschrieben wurde, hatte ich mir eine Augenklappe zugelegt. Manni ignorierte das souverän.

Als ich während einer kurzen Zeit von Mannis Abwesenheit die Augenklappe auf mein anderes Auge wechselte, war außer einem leichten Hochziehen seiner Augenbrauen keine Reaktion festzustellen.

Jedenfalls war es danach amtlich: Wir waren Hausbesitzer und hatten nun neue Nachbarn.

Nichts konnte unseren Optimismus zerstören, weder die immens hohe monatliche Belastung noch die abzusehenden uferlosen Instandsetzungskosten, die dadurch multipliziert wurden, dass wir sofort den Anbau eines großzügigen Wohnzimmers planten.

Unverständlich war der Wunsch nicht, da das Wohnzimmer von einem Uneingeweihten gar nicht identifiziert werden konnte.

Bei der Einweihungsfete bestand ich in vorgerückter Stunde darauf, die Wände des Wohnzimmers wenigstens adäquat zu schmücken. Hammer und Nagel lagen in Reichweite, aber Dekoration zum Befestigen auf den ersten Blick nicht. Auf den zweiten Blick entschied ich mich für eine Fleischwurst, die ich an die Wand nagelte. Obwohl einige Zeit später auch der BH der Nachbarin daneben genagelt wurde, änderte sich die herrschende Meinung über das Wohnzimmer nicht.

Unser zukünftiger Nachbar Hermann war von der Idee eines Wohnzimmeranbaus begeistert und wollte nun ebenfalls ein Wohnzimmer anbauen, und zwar direkt neben unserem. Wir erteilten uns gegenseitig die jeweiligen Genehmigungen und unmittelbar nach dem Einzug begannen wir damit, das allgemeine Chaos zu steigern, indem wir schon mal die Gartenterrasse, die Trennmauer zum nachbarlichen Garten und den Springbrunnen abrissen.

Wir hatten beide keine Ahnung von den notwendigen Plänen, Genehmigungen, von Materialien, deren Menge und Beschaffenheit, von der Durchführung der Arbeiten und vor allen Dingen nicht von den Kosten.

Hermann kannte jedoch Gott und die Welt. Als Architekt präsentierte er eine Firma in einem Büro mit zwei Architekten, deren Geschäftsprinzip darin bestand, die Einnahmen von jedem Auftrag zu teilen. Wusste der Geschäftspartner nichts von einem Auftrag, gab es ihn offiziell auch nicht und die Einnahmen mussten nicht geteilt werden. Unter diesem Aspekt war für den Architekten selbst unser Auftrag lohnend, er erklärte sich aber nur zur Übernahme bereit, wenn wir uns zum Stillschweigen verpflichteten, wer unser Architekt sei. Wir kannten die Hintergründe nicht und stimmten zu.

Das Genehmigungsverfahren durch die Bauaufsichtsbehörde warteten wir gar nicht ab, sondern begannen schon vorher mit den Arbeiten, weil der Architekt den zuständigen Leiter im Rathaus gut kannte.

Zunächst musste ein Fundament ausgehoben werden. Ein weiterer Bekannter arbeitete auf dem Bau und kannte einen Baggerfahrer, der schließlich mit einem Riesenbagger über das angrenzende Grundstück bis zur Baustelle hinter das Haus fuhr, wo wir den Verlauf des künftigen Fundamentes mit weißem Kreidestaub gekennzeichnet hatten. Der Baggerführer begann seine Arbeit, und zwar fachgerecht. Als er beim Ausschachten feststellte, dass der erste Meter aus angeschüttetem Lockermaterial bestand, hub er zur Sicherheit noch 2 Meter tiefer aus, das alles mit einer viel zu breiten Schaufel. Das Ergebnis war sehenswert. Die Ausmaße von aufgeschüttetem Wall mit anschließendem Schacht für das Fundament erzeugten beim unvoreingenommenen Betrachter die Gewissheit, dass eine Wasserburg im Bau sei. Hermann hatte aus Furcht, dass das Fundament wegen des Lockermaterials zu instabil werde, noch einen halben Lastwagen mit Bewehrung bestellt, also Eisenmaterial, das das Fundament nahezu unzerstörbar machen sollte. Als der Architekt am nächsten Tag das erste Mal die Baustelle besichtigte, wollte er wissen, wieviel Stockwerke für das Hochhaus, das auf diesem Fundament stehen sollte, geplant waren. In wochenlanger Arbeit wurde das Fundament schließlich gegossen.

Dann bauten wir in Eigenleistung eine gemeinsame Trennmauer, von der jeder die Hälfte für sich reklamierte, und beide wollten eine Mauer von 25cm Stärke. Die Mauer war also 50cm dick und 5m lang, und Hermann klagte bereits nach einer Stunde, dass er körperlich erledigt sei. Während des nun folgenden Dauerklagens setzte er sich auf einen Klappstuhl und rauchte eine

Zigarette nach der anderen, schön unter dem schützenden Dach eines Sonnenschirmes. Diese Aktion hatte zur Folge, dass der Materialaufwand und die körperlichen Anstrengungen Hermann so hoch erschienen, dass er fürchtete, erneut insolvent und dazu auch noch körperlich gebrochen zu sein.

Kurzerhand erklärte er, dass er aus dem gemeinsam begonnenen Bauvorhaben wieder aussteigen wolle. Abgesehen von der riesigen Trennmauer blieb bei ihm alles wie es war. Er schien aber die Lust an dem ganzen Unterfangen verloren zu haben und verkaufte nach einiger Zeit auch dieses Haus.

5. Aktive Frührente

Aus der Anzahl der Nachbarn, die das Einfamilienhaus neben uns bewohnten, stach ein Ehepaar heraus, Arnold und seine Frau Vroni.

Vroni neigte zu Marathon-Small-Talks, so dass wir, bevor wir unseren Garten betraten, den Blick in den Nachbargarten schweifen ließen, ob Vroni wieder einmal darin mit unerbittlicher Akribie mit einem Teelöffel Gänseblümchen aus ihrem Rasen ausgrub, damit er nicht verunkrautete, und nebenbei auf ein Opfer ihres, wenn einmal in Gang gesetzt, nie enden wollenden Redeflusses lauerte. Da sie berufstätig war und abends recht spät nach Hause kam, war die Gefahr eines Hörsturzes durch dauernde Zwangsberieselung von inhaltsleeren Wortgeräuschen ziemlich berechenbar und daher vermeidbar.

Arnold war zunächst auch berufstätig und während ihres gemeinsamen Feierabends federte Arnold die überfallartigen Worthülsenattacken von Vroni durch seine Anwesenheit ab und es gelang ihm sogar einige Belanglosigkeiten einzuflechten, so dass die Geräuschkulisse auf das Nebengrundstück begrenzt blieb.

Alles änderte sich, als Arnold mit 55 Jahren in den Vorruhestand trat mit recht hohen Bezügen. Zunächst brachte er seine Zeit mit allerlei Gartenarbeiten zu, dann war alles perfekt, nur das Gänseblümchenausgraben reklamierte Vroni vehement für sich. Dann wurden die Pausen immer länger, während derer sich Arnold auf die Sonnenliege legte, mit entblößtem Oberkörper und knappem Höschen, sorgfältig darauf achtend, dass die textillosen Stellen durch seine in exakten Zeitintervallen vorgenommenen Körperdrehungen sich von einem kalkweißen Ausgangsstadium in ein röstkartoffelbraunes Vorzeigeobjekt verwandelten, das allerdings eine fatale Ähnlichkeit mit einem verschlissenen, gerefften Vorhang eines heruntergekommenen Provinztheaters aufwies. Offensichtlich war ihm Vroni als wohl eher desinteressierte Zuschauerin der von ihm empfundenen Verjüngung zu wenig als beifallspendendes Publikum. Jedenfalls war eines Tages die dichte, 2m hohe Begrenzungshecke zwischen unseren Grundstücken auf 1,50 gekappt, so dass wir in den Genuss kamen,

Arnolds brutzelnden, faltengestapelten Astralleib ungehindert bewundern zu können. Diese Veränderung wurde von uns weniger als Bereicherung empfunden, sondern eher als eine nun zu der bisherigen Lärmbelästigung hinzutretende visuelle Belästigung.

Es war offensichtlich: Arnold war es langweilig.

Auch der Urlaub seiner Frau, mit der er zusammen in die Karibik, nach Kuba, flog, war zu kurz, um seinen Aktivitätsdrang für ein Jahr zu absorbieren. Daher kam er auf den Gedanken, in demselben Hotel länger zu bleiben als seine Frau, die wieder nach Deutschland zurückflog, weil sie wieder arbeiten musste.

Vroni hatte vollstes Verständnis für den Wunsch ihres Mannes.

In Kuba hatte das Ehepaar ein Zimmermädchen kennengelernt, das aus einer armen Familie stammte, jedoch das Glück gehabt hatte, eine Anstellung in der Hotelanlage zu finden. Ihr Englisch war auf wenige Brocken beschränkt, so wie Vroni und Arnold auch kaum das Spanische beherrschten, aber die gegenseitige Sympathie ließ

die Verständigungsschwierigkeiten als neben-
sächlich erscheinen, wenngleich sie Arnold dazu
anspornten, eine sinnvolle Betätigung zu begin-
nen, nämlich Spanisch zu lernen. Das circa
20jährige Zimmermädchen, Anna mit Namen,
war dankbar für die kleinen Zuwendungen, die
es von dem Ehepaar erhielt, und nannte sie,
auch wegen des Altersunterschiedes, Mama und
Papa.

Wenn Vroni und Arnold zusammen in Deutschland weilten, schrieb sie in spanischer Sprache
Briefe, die zu übersetzen ich von dem Ehepaar
gebeten wurde. Es waren Briefe der Dankbarkeit
an Mama und Papa wie von einem eigenen Kind.
Schließlich erreichte sie ein Brief von Anna, in
dem sie ihnen mitteilte, dass sie sich das Bein
gebrochen habe. Für das Hotel war sie damit als
Arbeitskraft nicht mehr einsetzbar und wurde
gekündigt und erhielt als Abfindung noch für 3
Monate ihren Lohn. Noch war sie im Krankenhaus, aber wie es weitergehen sollte, das wusste
sie nicht. Arnold bot sich sofort an, nach Kuba zu
fliegen, um Anna in ihrem Unglück zu helfen.

Vroni hatte dafür vollstes Verständnis.

Nach sechs Wochen kehrte Arnold zurück, er hatte einiges Geld für eine Unterstützung von Anna dagelassen.

Vroni hatte dafür Verständnis, meinte aber zu Arnold, dass dies ja keine endgültige Lösung sei.

Das brachte Arnold auf eine Idee: Die mittlerweile monatelangen Aufenthalte im Hotel strapazierten seinen Geldbeutel erheblich. In Kuba ist es Ausländern untersagt, Immobilien zu erwerben. Wie wäre es, wenn Anna als Käuferin eines geräumigen Hauses im Ferienort auftreten würde? Anna wäre dann nach kubanischem Recht die Eigentümerin, aber Vroni und Arnold könnten als die Geldgeber und damit eigentlichen Besitzer in dem Haus wohnen und würden die erheblichen Hotelkosten sparen. Anna hätte eine sichere Wohnung und könnte sich in Ruhe eine neue Arbeit suchen.

Vroni fand die Idee genial.

Arnold musste also mit einem kleinen Vermögen in Dollar wieder zurück nach Kuba, um alles in die Wege zu leiten.

Vroni musste leider arbeiten, aber sie war froh, dass sich ihr Mann den damit verbundenen Belastungen unterzog und sich so tatkräftig engagierte.

Ein schön gelegenes Haus wurde in Kuba gekauft und sofort nach mitteleuropäischem Vorbild renoviert, ein nicht ganz billiges Unterfangen, zumal Anna vor allem an mitteleuropäischen Produkten Gefallen fand, die Arnold dann aus Deutschland mitbrachte und in Kuba verzollen musste.

Vroni fand es ganz natürlich, dass die junge Frau als Mitbewohnerin in die Ausstattungswünsche mit eingebunden war, auch wenn es sie befremdete, dass eine von Anna akzeptierte Dekoration erst dann erreicht war, wenn die des Bürgermeisters übertroffen wurde.

Als das Haus fertig eingerichtet war, musste das Ehepaar für mindestens 3 Monate Kuba wegen der festgelegten Höchstaufenthaltsdauer für Touristen verlassen. Gegen Ende dieser Frist erreichte Vroni und Arnold ein Brief, den ich aber nicht mehr übersetzte, weil Arnold mittlerweile genug Spanisch konnte, jedoch informierten sie uns weiter. Anna beichtete darin, dass sie unmittelbar nach Arnolds Weggang einen jungen Mann kennen gelernt habe und nun im sechsten Monat schwanger sei. Ihr Freund habe sie aufgrund dieser Tatsache sofort verlassen. Wie es weitergehen sollte, wisse sie nicht. Deswegen müsse sie jede Nacht stundenlang weinen.

Wenn eine junge Frau so hereingelegt wird, müssen die Adoptiveltern helfen. Arnold und Vroni flogen also erneut nach Kuba, beruhigten und versorgten die Mutter, die sich nunmehr auf die Geburt freute. Aber nur Arnold konnte kurz vor dem Termin der Geburt erneut für mehrere Wochen helfen und war zu Tränen gerührt, als die junge Mutter ihrem kleinen Sohn aus Dankbarkeit den Vornamen Arnoldo gab.

Vroni fand, dass Arnold das durch seinen Einsatz auch verdient hatte.

In den nächsten beiden Jahren besuchte das Ehepaar die junge Mutter mit dem Kind im neuen Haus und für beide war es selbstverständlich, dass sie Anna und Arnoldo so viel zuwendeten, dass sie ein gesichertes und sorgenfreies Leben führen konnten. Denn natürlich konnte sich Anna keine Arbeit suchen, weil sie auf ihr Baby aufpassen musste. So wurden aus den Adoptiveltern nun sorgende Großeltern, die sich gemeinsam überlegten, welche Überraschung sie Adoptivkind und Adoptivenkel bereiten könnten. Anna hatte immer davon geträumt einmal die Kunstschätze Italiens besichtigen zu können, und deswegen luden Vroni und Arnold die beiden 6 Wochen nach Europa ein, zuerst in ihr Haus, dann zu einer Fahrt nach Italien, dann wieder bei ihnen zu Hause. Vroni und Arnold waren durch ihr Engagement in der Achtung der gesamten Nachbarschaft enorm gestiegen, wenngleich mich das Gefühl beschlich, ob das Ganze nicht mittlerweile den Rahmen des Normalen überschritt, Aber ich hielt das Gefühl für mich, weil ich fürchtete, dass ich sonst als Geizhals angesehen würde.

Am Abend des Tages, an dem die kubanischen Gäste eintrafen, war eine Grillparty geplant, zu der Hildy und ich auch eingeladen waren. Es wurde eine der überraschendsten Grillpartys, bei der wir jemals als Gäste eingeladen waren.

Zunächst wurde uns Anna vorgestellt. Wir hatten eine schüchterne, zurückhaltende junge Frau erwartet. Anna entpuppte sich als junge Frau mit erheblichem Übergewicht, womit die überlaute Stimme korrespondierte, mit der sie jedem, der versuchte, ihr etwas zu sagen, ins Wort fiel, um dann nach jedem zweiten Satz in ein hemmungsloses, überlautes, geradezu grölendes Gelächter auszubrechen. Arnold, der Arnoldo auf dem Arm trug, wurde von ihr ständig spielerisch mit Klapsen oder Kneifen bedacht, und als er dessen schließlich überdrüssig wurde und sich dem zu entziehen versuchte, wurde er von ihr verfolgt und weiterhin in gleicher Weise traktiert, alles untermalt von ihrem überlauten Gelächter.

Vroni schien das auch lustig zu finden.

Arnoldo war ein süßes Kind mit braunen Locken. Er wollte ständig auf den Arm von Papa und stellte sich bettelnd vor ihn und schrie laut „Papa!" und streckte dabei die Ärmchen nach oben und gab erst Ruhe, wenn Arnold ihn erhört hatte.

Auf meinen erstaunten Blick hin lächelte Vroni und erklärte, dass sie und Arnold erlaubt hätten, dass das Kind Arnold Papa nennen dürfe. Arnold sei natürlich nicht sein richtiger Papa, aber er sei wie sein Papa, und das Kind solle nicht vaterlos aufwachsen.

Als Vroni sich anderen Gästen zuwandte, bemerkte Hildy trocken: „Natürlich ist Arnold der leibliche Vater, das ist doch offensichtlich! Das Kind hat die Locken wie Arnold und hat auch keine schwarzen Haare, sondern hellbraune. Und wie intensiv sich Arnold um das Kind kümmert!"

Ich sah sie betroffen an. „Setz ja keine Märchen in Umlauf! Das Kind kennt ihn eben gut! Und woher willst du wissen, wie der Vater aussieht?"

„Da steht er doch, ich weiß doch, wie der aussieht! Dass du das nicht siehst!"

„Halt dich bloß zurück! Behaupte das ja nicht laut!"

„Ist es seit Neuestem verboten, die Wahrheit zu sagen? Aber gut, deinetwegen sag ich mal nichts, zumindest heute nicht!"

Das beruhigte mich zunächst.

Langsam wurde es dunkel, und Arnoldo wurde müde und musste ins Bett. In der fremden Umgegend hatte er Angst, und seine Mutter ging mit ihm in das gemeinsame Zimmer, damit er beruhigt einschlafen konnte.

Inzwischen war der Himmel durch die Wolken eines aufziehenden Gewitters nahezu schwarz. Als Mutter und Kind im Bett waren, zuckten schon die ersten Blitze , gefolgt von immer lauter werdendem Donner. Kaum war das Gewitter in seiner ganzen Stärke losgebrochen, schlich sich Anna wieder zurück auf die Grillterrasse und flüsterte Arnold etwas ins Ohr. „Sie hat auch Angst und will auf keinen Fall allein in ihrem Zimmer bleiben. Zum Glück steht noch eine Schlafcouch in dem Zimmer, auf der ich übernachten kann. Anna ist müde. Ich muss oben im Zimmer bleiben. Noch einen schönen Restabend wünsche ich euch!"

Ich schaute auf Vroni, die bestätigend nickte, während Hildy neben mir heiser flüsterte: „Wie oberdreist!"

Ich hatte meine Meinung grundsätzlich geändert.

Vroni nicht.

Nach dem gemeinsamen Urlaub reisten Anna und Arnoldo wieder zurück, Arnold wollte in drei Monaten nachkommen und dann für mehrere Monate bleiben.

Vroni erzählte uns, dass Arnold ihr berichtet habe, dass Anna Arnold nicht mehr in das Haus lasse. Sie habe jetzt einen vietnamesischen Freund, mit dem sie zusammenlebte.

Dann verfasste Vroni einen offenen Brief an alle Nachbarn, in dem sie mitteilte, dass nach einer offenen Aussprache sie und Arnold sich trennen würden, weil Arnold eine Geliebte in Kuba habe, natürlich nicht Anna. Er würde sich weiter intensiv um sein leibliches Kind Arnoldo kümmern, denn das Kind könne ja nichts für den schlechten Charakter seiner Mutter.

Arnold verließ das gemeinsame Haus, kaufte sich eine Eigentumswohnung ungefähr 200m weiter entfernt und heiratete seine 29jährige Geliebte.

Vroni war jetzt allein unsere Nachbarin, über die weitere Entwicklung informierte sie uns.

Nach einem Jahr stimmte das Verhältnis von Arnold zu seiner zweiten Ehefrau nicht mehr, vor allem, weil Arnold ihr dauernd Vorschriften zu machen versuchte: Sie solle nicht so viel Geld ausgeben, sie solle ihre Freizeit nur zuhause verbringen, sie solle nicht mit anderen Männern reden.

Am Ende des dritten Jahres wurde die Ehe geschieden.

Vroni verkaufte das Einfamilienhaus und zog zu Arnold in die Eigentumswohnung.

5. Mission

Im Urlaub hat man gerne seine Ruhe. Das sollte unserer Familie ein Ferienhaus in Marbella garantieren, das wir allein bewohnten. Tatsächlich verfügte das Haus über einen separaten Eingang und wenn wir allein sein wollten, mussten wir nur die Tür schließen – dachten wir. Wir genossen den ersten Tag am Strand und im Haus und setzten uns abends auf die Dachterrasse, um noch etwas zu trinken.

„Das ist Don Pedro! Er begleitet mich überall hin!"

Ein hagerer, großer, nur mit Shorts bekleideter ca.70-jähriger Mann mit einem tiefen Bass stand hinter uns und zeigte zunächst auf eine Promenadenmischung, einen kleinen Hund, der an seiner Leine zerrte und der ein ununterbrochenes Bellen und Winseln anstimmte, dass sich wie ein ins Ohr gedrehter Korkenzieher ins Gehirn fraß.

„Mein Name ist Zimmermann!"

Der ältere Mann wies auf sich und setzte sich unaufgefordert auf einen Stuhl. Dieses recht direkte Verhalten des Nachbarn war der Tatsache zu verdanken, dass die einzelnen Dachterrassen zusammenstießen und dass die Grenze des Besitzes kennzeichnende Mäuerchen von einem halben Meter Höhe leicht überstiegen werden konnte.

Im Urlaub ist man gelöster als sonst. So verwies ich den nicht eingeladenen Nachbarn auch nicht des Daches, bot ihm sogar ein Bier an, das in wenigen Sekunden geleert war, und überreichte ihm eine zweite Flasche. Nach der dritten Flasche begann er zu erzählen. Er breitete sein Leben vor uns aus, das Leben eines Ingenieurs aus der ehemaligen DDR, ganz interessant, wenn auch auf die Dauer für die Kinder zu langweilig, da sie von ihrem Vater den allabendlichen Blödsinn erwarteten und dieser alte Mann von nebenan den Vater mit Beschlag belegte. Tatsächlich wurde ich auch langsam ungeduldig, weil Herr Zimmermann im Laufe parallel zur Steigerung seines Bierkonsums bei gleichzeitigem Schwinden meines Biervorrates immer schwerer zu verstehen war, und seine Thematik sich auf ein Thema reduzierte, offensichtlich sein Lieblingsthema: Der verheerende Einfluss der Russen auf die Menschheitsgeschichte. Zwar war er endlich so besoffen, dass er lallend den Rückzug antrat, aber am nächsten Abend saß er mit Don Pedro schon auf der Dachterrasse, als wir hinaufstiegen.

Meine Toleranz war schon merklich geschrumpft, aber ich fühlte mich dennoch verpflichtet, seinen Ausführungen über das Hauptproblem der Menschheit zuzuhören und ab und zu eine Bemerkung dazu zu machen.

Da musste ich mir anhören, dass Hitler mit seinem Lebensraum im Osten gar nicht so Unrecht hatte, schließlich seien in großen Teilen Osteuropas die Germanen vor den Slaven dagewesen und die Germanen hätten sich nur zurückholen wollen, was ihnen sowieso schon gehört hatte. Ich schlug daraufhin vor, dass wir einen Brief an den Bürgermeister von Rom schreiben sollten, dass wir ihm das Rheinland anböten, da die jetzigen Bewohner später als die Römer dorthin gekommen seien.

Er war in ganz jungen Jahren im 2. Weltkrieg Soldat an der Ostfront gewesen, hatte dort vor allen Dingen die Zeit erlebt, als die Rote Armee unter ungeheuren Opfern die Hitlertruppen zurückdrängte und schließlich in das Deutsche Reich vorstieß. Historisch belegte Gräuel, aber auch Propagandalügen hinsichtlich der Verbrechen der Roten Armee waren bei Herrn Zimmermann zu einem Amalgam geworden, das letztlich nur dazu diente, im Nachhinein die Sowjets als eine Art Untermenschen zu brandmarken, gegen die ein Vernichtungskrieg das einzig Sinnvolle gewesen war. Ich gelangte zu der Überzeugung, dass unser Nachbar ein unverbesserlicher Nazi war, der sich mit der menschenverachtenden Ideologie der Nationalsozialisten identifizierte. Das war für mich Grund genug, ihn zu bitten, hinfort auf seinem Dach zu bleiben.

Aber so einfach lagen die Dinge nicht.

In der zweiten Ferienwoche blieb Herr Zimmermann uns fern, zum Leidwesen der Kinder, die mittlerweile zwar nicht Herrn Zimmermann vermissten, sondern Don Pedro, den sie in ihr Herz geschlossen hatten. Aber ohne Herrn Zimmermann kein Don Pedro. Die Kinder bettelten schon am ersten Tag, dass Herr Zimmermann wiederkommen dürfe und drohten mir mit Liebesentzug, wenn ich meine ihnen unverständliche Ablehnung beibehalten wolle. Doch ich blieb eisern. Am zweiten Tag lief unser Abwasser nicht mehr ab, in den Toiletten begann eine Schmuddelbrühe bedrohlich zu steigen. Wohl oder übel musste ich Herrn Zimmermann um Rat fragen.

„Das sind bestimmt die Russen nebenan!", mutmaßte er.

Neben unseren Ferienhäusern befand sich ein großes Grundstück mit einer sicher teuren, aber geschmacklosen riesigen Villa, deren Grundstücksgrenzmauern zu uns am Tag vorher verputzt worden waren. Diese Villa gehörte wohl tatsächlich Russen.

Herr Zimmermann führte uns zur Ableitung unseres Schmutzwassers, eines Kanals, der nur durch Betonplatten abgedeckt war und in dem randvoll eine übelriechende Brühe stand.

„Die Ableitung unseres und Ihres Schmutzwassers führt in ein unterirdisches Rohr, das einige Meter von der Grenzmauer auf dem russischen Grundstück verläuft. Ich kann mir schon denken, was die gemacht haben!" Herr Zimmermann folgte unserem Abwasserrohr bis zur Mauer und zeigte triumphierend auf die Stelle, an der sich Mauer und Abflusskanal trafen: „Da!" Von der anderen Seite war der Zulauf zugemauert worden.

„Was sollen wir denn jetzt machen? Wir müssen unbedingt mit denen sprechen!", rief ich aufgebracht.

„Haben die mit uns gesprochen? Die schaffen einfach Fakten! Aber das können wir auch!"

Er lief in sein Ferienhaus, erschien mit einem Hammer und einem Meißel und ohne viel Federlesens schlug er das verputzte Loch wieder frei und das gesammelte Schmutzwasser ergoss sich schmatzend in das Rohr auf dem Nebengrundstück.

Später am Tag bewegte sich eine riesige Ameisenstraße auf unsere Ferienwohnung zu. Ich war hilflos. Herr Zimmermann hatte sie aber schon entdeckt und machte ihr mit einer riesigen Spritze voll mit irgendwelchen Chemikalien den Garaus.

Im Laufe des Tages hatte sich Herr Zimmermann aber in einem solchen Ausmaß mit Alkohol selbst belohnt, dass er sich nur noch schwankend fortbewegen und lallend mitteilen konnte.

Wir saßen an diesem Abend wieder ohne Herrn Zimmermann auf dem Dach, bis plötzlich die Kinder die Treppe hochstürmten und dabei kreischten: „Herr Zimmermann ist tot! Herr Zimmermann ist tot! Er liegt unten auf dem Weg!"

Wir stürmten vom Dach runter und da lag Herr Zimmermann: „Fasst mich nicht an! Ich will doch gar nichts von euch! Lasst mich los! Ich will nicht sterben! Ich will nach Hause! Ich muss dich doch beschützen, Mama!", heulte, schrie und jammerte er, so dass einem das Blut in den Adern gefror. Die ganze Familie stand entsetzt vor diesem flehenden, schreienden Menschen. Ich versuchte ihn anzusprechen und ihm aufzuhelfen, aber er schlug nach mir, nannte mich einen Mörder, und heulte noch lauter als zuvor.

Während wir uns fragten, ob wir einen Rettungswagen anfordern sollten, war er schließlich auf dem Boden eingeschlafen. Wir brachten ihm eine Decke, die Nacht war tropisch warm, so dass keine Gefährdung für ihn bestand. Nach zwei Stunden konnte er wieder geweckt werden, aufstehen und in sein Haus gehen.

Die Kinder konnten die halbe Nacht vor Aufregung nicht schlafen und ich musste ihnen versprechen, dass Herr Zimmermann uns am nächsten Tag wieder besuchen durfte.

Ich sprach am nächsten Tag mit ihm, verlangte aber von ihm, dass er die rassistischen Äußerungen unterlasse, was er versprach und auch tat. Er gab den Kindern nicht genaue Auskünfte über das, was er erlebt hatte, nur eins wiederholte er seitdem für sie oft: „Das Schlimmste, was es gibt, ist Krieg! Tut alles dafür, dass ihr den nicht erleben müsst!"

Das blieb ihnen im Gedächtnis und somit ist Herrn Zimmermanns Anwesenheit letztendlich doch noch sinnvoll gewesen.

7. Erlösung

Der Umzug, bei dem meine Frau und ich mithelfen wollten, war der unserer Tochter. Sie war mit ihrem zweiten Kind im 9. Monat schwanger.

Was veranlasst eine hochschwangere Frau so kurz vor ihrer Entbindung noch einen Umzug in eine andere Wohnung zu planen?

Die Antwort ist, dass es sich nicht um einen geplanten Umzug handelte, sondern um eine Flucht zur Rettung des gesunden Menschenverstandes vor einem Sturz ins Absurde, zur Rettung eines einigermaßen stabilen Nervenkostüms vor quasi-epileptischen Anfällen und zur Rettung eines bisher unbescholtenen Rufes vor dessen Zerstörung durch im Affekt begangene kriminelle Akte, wovon der Totschlag immerhin im Bereich des Möglichen lag.

Ursache waren die Vermieter ihrer erst vor Kurzem bezogenen Mietwohnung, die eigentlich nicht die Vermieter waren. Sie waren die ehemaligen Besitzer und hatten ihr Zweifamilienhaus bereits ihrem einzigen Sohn vererbt, fühlten sich aber weiterhin als Hausbesitzer und traten auch so auf.

Der juristische Vermieter, also der etwa 50-jährige Sohn, war die Inkarnation eines duckmäuserischen Würstchens, das liebdienerisch seinen Eltern hinterherhechelte, bei ihnen fast jeden Tag aß, sich die Wäsche machen ließ, ansonsten aber keinen Finger rührte, sondern sich nach einigen Stunden Aufenthalt in seinen Mercedes warf und seine Männlichkeit durch die quietschenden Reifen beim Start eindeutig unter Beweis zu stellen wähnte. Mit seiner Rolle als juristischer Popanz hatte der Sohn sich abgefunden und das Feld der eigentlichen Herrschaft seinen Eltern überlassen.

Diese Herrschaftsausübung stellte wohl den eigentlichen Lebenssinn des nun schon über 80-jährigen Ehepaars dar. Der Mann, eine petrifizierte leptosome Luis–Trenker-Ausgabe, vereinigte in sich die gespielte Jovialität eines ostpreußischen Gutsherren mit der Gnadenlosigkeit eines von seiner Aufgabe überzeugten Blockwarts, der Denunzierung als Bürgerpflicht ansieht. Seine Frau, die man für eine Modellvorlage für die Mumifizierung von Ramses II halten konnte, stellte eine lebende Sammlung von Plattitüden dar, die sie in jeder Lebenslage ausgiebig produzierte, wobei es dem Zufall überlassen blieb, ob diese der Situation einigermaßen gerecht wurden oder nicht. Tatsächlich spielte das aber nur eine untergeordnete Rolle, weil sie ihre Auslassungen in tiefstem Pfälzer Dialekt vorbrachte, den ein Nichteinheimischer kaum verstand.

Diese beiden Quasi-Hausherren entwickelten eine Überwachungstechnik, gegenüber der die Praktiken der Geheimdienste wie dilettantische Kindereien wirkten.

Es begann morgens damit, dass sich die Frau im oberen Stock hinter der Gardine versteckte und ihrem Mann, der im Erdgeschoss innen vor der Haustür wartete, ein Zeichen gab, wenn die Mieterin den Fehler machte, ihre Wohnung zu verlassen. Der Mann stellte sie und begann seine morgendliche Strafepistel, die er abends nicht mehr hatte los werden können.

So ging es beispielsweise darum, warum sie nicht die Reklame aus ihrem Briefkasten entfernt habe. Volle Briefkästen würden die stets lauernden osteuropäischen Einbrecherbanden auf ihr zukünftiges Opfer aufmerksam machen, und den Schaden hätte nicht nur sie, sondern alle, auch er selbst, zu tragen und das nur wegen ihrer Sorglosigkeit, die er geneigt wäre, als Pflichtvergessenheit zu bezeichnen. Um die schlimmsten Folgen abzuwenden, habe er ihren Briefkasten schon am Abend vorher geleert. Unter den Briefen, die er dabei notwendigerweise mit herausgezogen habe und die er selbstverständlich nicht geöffnet habe, sei auch ein Brief der Stadt Ludwigshafen gewesen, sicher eine gebührenpflichtige Verwarnung, wahrscheinlich wegen einer Geschwindigkeitsübertretung im Siedlungsgebiet, was bei ihrem Fahrstil ihn nicht wundere. Zudem habe sich auch der Nachbar schon beschwert, dass sie mit ihrem Wagen vor seinem Haus parke. Da sie eine Garage dazu gemietet habe, die sie allerdings durch das Lagern von Möbeln zweckentfremdet nutze, sei es nicht rechtens, dass sie den Bewohnern des Nebenhauses ihre angestammten Parkplätze auf der Straße wegnehme.

Wenn die Tochter es in irgendeiner Weise geschafft hatte, den morgendlichen Ohrenqualen zu entgehen, konnte sie sicher sein, dass ihr bei Routinegängen erneut aufgelauert wurde, z.B. beim Gang zur Biotonne. Wurde sie dort gesichtet, dann erfolgte der Einsatz der weiblichen Geräuschkulisse des Gespanns, die gerade auch ihren Müll entsorgen musste. Da die Müllbehälter von beiden Parteien genutzt wurden, ergaben sich ungeahnte Möglichkeiten der Belehrung über die korrekte Müllentsorgung. Biomüll wurde fein säuberlich in Plastik eingewickelt, Restmüll ebenfalls, das sei hygienisch und mindere den Gestank, der sich durch das ungeordnete Entsorgen, wie es die Art meiner Tochter sei, ungehindert entfalten könne und der extrem gesundheitsschädlich sei. Der männliche Teil, der mittlerweile auch anwesend war, meinte noch hinzusetzen zu müssen, dass er hoffe, dass dadurch das Baby im Mutterleib nicht geschädigt würde.

Beim Rückweg wurde dann das Törchen zwischen Grundstückseinzäunung und Bürgersteig thematisiert. Schon zweimal innerhalb einer Woche, so der minutiöse Blockwart, habe er er-

leben müssen, dass das Törchen nicht unmittelbar, nachdem man es geöffnet hatte, auch wieder verschlossen wurde. Sie brauche gar nicht so
ungläubig zu schauen, durch das leichte Quiet-
schen des Törchens höre er jedes Öffnen, und
wenn nach einiger Zeit kein Geräusch erklinge,
das entsteht, wenn ein Törchen ins Schloss fällt,
sei das Törchen eben noch offen, und um ganz
sicher zu gehen, habe er das durch einen Blick
durch das Fenster noch einmal überprüft. Man
könne das Törchen mit dem vorderen Reißver-
schluss eines Mannes vergleichen, der nur geöffnet werde, wenn es unbedingt nötig sei, ansonsten aber geschlossen bleiben müsse. Sie
würde auch bestimmt Anstoß an einer offenen
Hose nehmen, dann müsse sie aber auch dafür
sorgen, dass das Törchen nach Gebrauch geschlossen werde. Das verstehe sich von selbst,
wenn man bedenke, dass sie, also das Ehepaar,
alle Grundstücksarbeiten übernommen hätten.
Bei dieser Gelegenheit sei es auch einmal angebracht, sich über das Verhalten ihres vierjähri-
gen Sohnes zu unterhalten. Er habe draußen mit
Kreide einen Blumentopf übel traktiert, so dass
man glaube, man befinde sich in einer asozialen

Gegend. Das müsse unbedingt rückstandslos entfernt werden. Wer das zulasse, solle sich fragen, ob er nicht besser in eine Gegend ziehe, wo diese Praktiken alltäglich seien oder gar zum guten Ton gehörten, was in dieser Gegend sicher nicht der Fall sei.

Wenn die Tochter dann endlich vor dieser nervenden Suada ins Haus geflohen war und es dann für einige Stunden nicht verließ, um eben ihre Nerven zu schonen, hielten es die beiden nach einiger Zeit einfach nicht mehr aus, weil sich schon wieder eine Menge an Verfehlungen angesammelt hatte: Ein Zweig war auf den Rasen geworfen worden, ein Fleck war auf den Treppenstufen usw. Um das den Übeltätern zeitnah mitteilen zu können, klopfte der Mann vom Gartenweg außen ans Fenster der Wohnung meiner Tochter und gab erst Ruhe, wenn sie die Tür öffnete und nach draußen trat. Vom ersten Stock aus sekundierte dann seine Frau mit überlauten Zusätzen. Diese gipfelten darin, dass sie bei der Beschwerde ihres Mannes, dass meine Tochter den Gartenweg trotz ihrer im Mietvertrag eingegangenen Verpflichtung nicht ständig von Blättern frei halte, von oben hinzufügte: Deswegen müssen wir armen alten Leute uns noch zusätzlich abarbeiten für das junge Gesocks.

Eine weitere Eskalation erfuhr die Situation noch dadurch, dass eines Morgens die Toilettentür schief in ihrer Türangel hing, weil eine Befestigung nicht mehr hielt. Als meine Tochter dies dem Sohn mitteilte, war der sofort so alarmiert, dass er sich außerstande sah, das Problem allein zu lösen. Er berief also den Reichsparteitag seiner Familie ein, vor dem sich meine Tochter wie vor einem Tribunal rechtfertigen sollte. Sie kam aber kaum zu Wort. Es wurde ihr mitgeteilt, dass so ein Schaden nur durch mutwillige Ausübung von Gewalt möglich sei. Sie habe sich offensichtlich mit ihrem vollen Körpergewicht, dass durch die Schwangerschaft anomal hoch sei, an die Tür gehängt und so den Schaden herbeigeführt. Die Kosten, die eine fachmännische Reparatur verursachen würde, müssten selbstverständlich ihr in Rechnung gestellt werden.

Die täglichen Einlassungen und die seltsame Annahme von gewalttätigen Schwangeren zeitigten

schließlich den einzig zu erwartenden Wunsch:
Bloß weg hier!

Der Umzug war also eine Flucht in die Normalität.

Damit glaubt man, dass die Sache erledigt sei. Aber absurde Verhaltensweisen werden von Leugnern der Realität nicht durch Fakten erschüttert. Im Gegenteil: Das Gefühl, dass einem von einem dahergelaufenen Weib schwer Unrecht angetan wurde, gebiert den Wunsch nach Rache. In seiner psychopathologischen Sicht stellt der Rächer die einzig richtige Ordnung wieder her, nämlich seine, und erwartet, dass ihm dabei sämtliche Institutionen des Staates zur Seite stehen und ihm der gesellschaftliche Beifall sicher ist.

Dazu bot sich eine Lappalie noch während des Auszuges an. Dem Sohn der Tochter war der Hörer des Haustelefons aus der Hand gefallen und die obere Plastikabdeckung hatte sich vom Hörer gelöst, so dass, ohne ihn zu kleben, er nicht mehr in die Schale gehängt werden konnte.

Mit juristischem Beigefasel, geliefert vom blutleeren Quasieigentümer, wurde wahrscheinlich in nächtelangen, mit tränenerstickter Stimme geführten Gesprächen, folgende Wirklichkeitskorrektur konstruiert: Die mutwillige Zerstörung eines Hörers durch   den schon früh durch den Einfluss der Mutter zur Gewalt neigenden Sohn der Mieterin führe dazu, dass man einen neuen Hörer besorgen müsse. Es gebe aber keinen farblich passenden Hörer mehr zu erwerben, da seit der Installation der Anlage nunmehr 35 Jahre vergangen   waren. Daher habe der Vermieter alle Leitungen im Haus neu ziehen lassen und so eine komplett neue Anlage installieren müssen. Die Kosten von 690 € seien angesichts des damit verbundenen Ärgers noch geradezu gering. Sie seien von der Kaution abgezogen worden, ebenso wie die Türreparatur von 90 €.

Dass dem Vermieter ein angemessener Schadenersatz zustand, war unstrittig.

Es muss den Weltverbesserer jedoch tief getroffen haben, dass ihm bei seiner überzogenen Sicht der Dinge eins sicher war: Gelächter.

Ein Kumpel, der von der Einschätzung der Haustelefonhörertrauergemeinde erfuhr, rief die juristische Eintagsfliege an und bot an, ein Abflussrohr zu beschädigen und zu behaupten, dass dies ebenfalls die Mieterin verschuldet habe, was bei deren Charakter höchst glaubwürdig wäre. Dann müsste ein neues Haus um das Abwassersystem gebaut werden, dessen Baukosten selbstverständlich von der Mieterin zu tragen wären. Den höheren Wert des Hauses könnte der Besitzer des Hauses mit ihm teilen.

Mittlerweile hatte die Haftpflichtversicherung der Tochter dem Jura-Mauerblümchen einen Bruchteil der geforderten Summe zur Begleichung seiner Schäden erstattet und ernsthafte juristische Konsequenzen angedroht, falls er bei seiner juristisch verbrämten überzogenen Selbstjustiz bleibe.

Da kuschten die selbsternannten Vollstrecker und zahlten die Kaution bis auf den letzten Cent zurück.